DISCOURS

PRONONCÉS

DANS LA SÉANCE PUBLIQUE

TENUE

PAR L'ACADÉMIE FRANÇAISE,

POUR LA RÉCEPTION DE M. ARNAULT,

Le 24 décembre 1829.

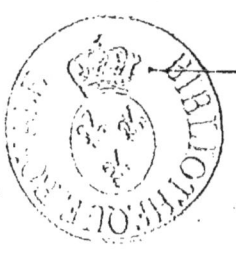

A PARIS,

DE L'IMPRIMERIE DE A. FIRMIN DIDOT,

IMPRIMEUR DU ROI ET DE L'INSTITUT,

RUE JACOB, N° 24.

1829.

INSTITUT ROYAL DE FRANCE.

ACADÉMIE FRANÇAISE.

M. Arnault, ayant été élu par l'Académie
Française à la place vacante par la mort
de M. Picard, y est venu prendre séance
le 24 décembre 1829, et a prononcé le
discours suivant :

Messieurs,

Quand votre suffrage unanime m'a rappelé dans
vos rangs, j'ai été, je l'avoue, plus touché que
surpris de ce témoignage de votre affection.
Une volonté qui vous était étrangère m'arracha
au noble corps dans lequel je suis entré, il y a

trente ans, par le choix libre de ses membres:
ai-je pu jamais douter que ma réintégration ne
fût un des premiers actes de votre volonté, dès
l'instant où il vous serait permis d'en avoir une ?
Et sous un prince ami des lettres, sous un prince
ennemi de toute persécution, cette volonté a dû
se manifester aussitôt que dans la liberté de la
presse il nous a restitué toutes nos libertés.

Que de changements se sont opérés chez vous
depuis l'instant où j'ai été séparé de vous! Pendant cette période de quinze ans, la génération
littéraire s'est presque entièrement renouvelée.
Des élèves sont devenus des maîtres; et on les a
vus, comme l'académicien qui nous préside, acquérir par des triomphes multipliés le droit
de siéger dans cette enceinte, à la place où ils
venaient recevoir les couronnes qu'ils distribuent
aujourd'hui. Qu'il m'est doux d'avoir vu leurs
suffrages se réunir en ma faveur à celui de mes
anciens collègues! Qu'il m'est doux d'avoir été
réclamé par les collègues que je me serais donnés, comme par ceux que je me suis donnés.

Quelque plaisir que j'éprouve à me retrouver
au milieu de vous, je ne puis toutefois me défendre d'un sentiment douloureux, quand je
songe que c'est à la mort d'un de mes anciens
confrères que je suis redevable de la manifesta-
tion du vœu qui m'y rappelle.

Ne recherchons pas par quelles circonstances je viens ici comme successeur de l'académicien que j'y avais précédé; c'est des titres qui l'y ont amené que je dois vous entretenir.

C'est une institution vraiment louable que celle qui impose au nouveau confrère que vous vous êtes donné, un devoir de faire l'éloge du confrère que vous venez de perdre, et de retracer ainsi les titres de son prédécesseur aux regrets du public et aux vôtres.

Ces titres étaient déja nombreux à l'époque où ils obtinrent à l'académicien que vous regrettez la préférence sur plus d'un rival que recommandaient d'éclatants succès, et depuis il en a plus que doublé le nombre; si bien que ce qu'il a publié, soit avant soit après son admission dans votre compagnie, suffirait amplement à deux dotations académiques : produit d'une activité qui ne s'est pas ralentie pendant quarante ans; produit d'une fécondité qui était encore dans toute sa vigueur quand la mort y est venue mettre un terme.

Picard (il ne recevra pas de moi après sa mort une froide qualification, qui l'eût affligé de son vivant si elle lui avait été donnée par un ami), Picard, dès l'age de vingt ans, avait pris rang parmi les poètes comiques. Ce que l'on n'acquiert ordinairement que par l'observation, il le tenait de son génie ; ce qu'il faut étudier, il l'avait deviné.

Fils d'un homme qui s'était distingué au barreau, il avait été destiné à la même profession. Son père en voulait faire un avocat. La nature l'avait fait poète comique ; il le fut en dépit de la volonté de son père, en dépit même de la sienne. Quelque effort qu'il fît pour se ployer aux intentions d'autrui, entraîné par un goût dominant, et distrait d'un travail de commande par les inspirations de son génie, il couvrait souvent de ses vers un papier destiné à recevoir la prose barbare qu'affecte la chicane. Son père ne voyait pas sans douleur cette profanation.

Quelquefois, cependant, l'amour-propre paternel ne pouvait s'empêcher de sourire aux essais d'un talent qui le flattaient tout en le contrariant. « Mon fils me désole, disait-il un jour à celui des interprètes de Virgile que Delille s'était donné pour successeur (1); mon fils me désole, il ne fait que des vers, il ne veut faire que cela. Voyez : » et le bon-homme, déroulant un cahier qu'il avait surpris à son fils, se met à lire avec humeur, au confident de ses tribulations, quelques scènes dont ce manuscrit

---

(1) M. Tissot.

contenait l'ébauche. Mais à mesure qu'il avan-
çait dans cette lecture, son humeur s'adoucis-
sait, et le sourire revenait sur ses lèvres. « Il
faut en convenir, dit-il enfin avec l'accent d'une
satisfaction qu'il ne pouvait plus dissimuler :
cela n'est pas mal, cela est bien, cela est fort
bien ; peu de gens sont capables de faire aussi
bien, cela est vraiment d'un poète comique ;
mais, ajouta-t-il en soupirant, le malheureux ne
sera jamais avocat ! »

Les premiers succès de Picard datent de ses
premiers ouvrages. Ce n'est pas à vingt ans qu'on
fait des comédies parfaites ; celles qu'il fit à cet
âge ne se recommandent pas par cette finesse
et cette justesse d'observation, par cette science
du monde et de l'homme, qui l'ont porté au
rang qu'il occupe aujourd'hui ; on n'y trouve pas
non plus ces conceptions savantes, ces développements hardis qui caractérisent un talent mûri
par l'expérience et par la méditation ; mais remarquables par des aperçus plaisants, par des com-
binaisons ingénieuses, elles annonçaient la faculté de concevoir et de disposer habilement une
fable comique, et d'en tirer les effets les plus
piquants qu'elle puisse fournir. Il y fait moins
connaître les secrets mouvements du cœur que
les ressources de son propre esprit ; mais s'il ne
creuse pas au fond de son sujet, du moins ne

néglige-t-il pas de recueillir tout ce qui se trouve à sa surface.

Ces qualités concilièrent au *Conteur* et aux *Visitandines* la faveur que le public leur conserve encore.

Dans ces deux ouvrages, empruntés quant au fond, l'un à un roman de Fielding (1), l'autre à une pièce inédite de M. Andrieux, Picard a mis habilement en œuvre les idées d'autrui ; bientôt nous le verrons ne plus employer que les siennes, et grandir en vivant de sa propre substance.

Le fond et la forme des *Conjectures*, comédie représentée deux ans après celles-ci, lui appartiennent entièrement. Déja s'y manifeste une connaissance approfondie des travers humains. Ce sont des personnes vraiment comiques que ces gens qui, malfaisants sans être méchants, après avoir altéré par leurs interprétations les faits les plus innocents, finissent par être dupes des contes qu'ils ont inventés, accueillent pour des réalités les conjectures qu'ils ont mises en circulation, et regardent comme une preuve de leur pénétration, ce qui ne prouve que leur indiscrétion et leur crédulité.

Ces progrès se font remarquer plus fortement

---

(1) Tom Jones.

encore dans *les Amis de collége,* comédie dont
la représentation suivit de près celle des *Conjectures.* Les leçons qu'on en peut déduire sont,
en morale, d'une importance plus haute que
celles qui dérivent des pièces antérieures de Picard, ou plutôt c'est la première pièce où il ait
eu évidemment le but d'instruire en amusant.
Il le fait d'une manière tout-à-fait originale. D'autres, avant lui, avaient démontré que la modération est le premier des trésors; qu'avec beaucoup
on est pauvre si l'on ne sait pas borner ses
desirs, comme on est riche avec peu si l'on
sait borner ses besoins; que l'industrie et le
travail sont un fonds qui ne manque jamais;
qu'ils affranchissent l'indigent de la misère et
de la dépendance; qu'ils écartent l'ennui dont
l'opulent ne peut se défendre au sein de l'oisi-
veté; que celui qui vit le plus près du besoin,
est le plus enclin à soulager les besoins d'autrui.
D'autres avaient démontré tout cela, mais nul
ne l'a fait aussi spirituellement, aussi gaiement.
On lui en sut gré : mais on lui sut gré surtout
d'avoir offert à cette occasion, au théâtre, le
tableau naïf d'une amitié qui, née au collége,
réunit dans le monde, en dépit de leurs fortunes
diverses, trois camarades et leur vieux professeur;
véritable parenté que les bons cœurs ne renient
jamais, et dont les liens sont d'autant plus forts,

qu'ils sont l'effet d'une préférence fondée sur des analogies de goûts et de sentiments, sur une identité de penchants qui tous ne sont peut-être pas toujours vertueux, mais d'où naît souvent une vertu.

La distance qui sépare ces deux comédies de Picard de ses premiers ouvrages, est moins grande toutefois que celle qui les sépare de la comédie qui les a suivies. Des *Amis de collége* à *Médiocre et Rampant*, il y a un pas de géant; et ce pas, Picard le fait dans le domaine de Molière.

« Médiocre et rampant, et l'on arrive à tout », dit Beaumarchais. Une graine imperceptible, tombée dans un bon terrain, produit un grand arbre : recueilli et fécondé par une tête méditative, ce mot a produit sinon un chef-d'œuvre, du moins une comédie à laquelle son originalité assure un rang honorable dans la littérature, et qu'elle sauvera de l'oubli, quand même son mérite réel ne la rappellerait plus au théâtre, où les mœurs qu'elle retrace pourraient bien ne plus paraître vraisemblables, par cela même qu'elles étaient vraies.

Ces mœurs sont celles d'une époque où la politesse, que n'exclut pas la simplicité républicaine, et qui commençait à remplacer la brutalité démagogique, tenait lieu de l'étiquette, qui

ne tarda pas à reconquérir les salons du minis-
tère. Alors, on obéissait encore à des habitudes
qu'on aurait peine à concevoir sous un régime
qui a rétabli l'inégalité des classes dans la société.
Alors, sujets à rentrer dans la classe des citoyens
d'où ils avaient été tirés, les fonctionnaires publics exigeaient moins de leurs subordonnés,
dont ils pouvaient, au premier moment, redevenir les égaux; et les subordonnés, se laissaient
moins imposer par des supérieurs auxquels ils
pouvaient commander un jour, et qu'ils se sa-
vaient aptes à remplacer.

Cette comédie, comme les deux précédentes,
et comme *le Mari ambitieux,* ouvrage non moins
remarquable, est écrite en vers. Ainsi sont écrites
les comédies que nous ont laissées les anciens.
Chez eux, l'accès de l'une et l'autre scène n'était
ouvert qu'aux poètes. Les modernes se sont mon-
trés moins difficiles. Ont-ils bien fait? j'en doute.

C'est évidemment par les mimes, par les bouf-
fons de place, qui ne se donnaient pas la peine
de versifier les improvisations dont ils divertis-
saient la populace, que l'usage de la prose s'est
introduit dans le dialogue comique. En le trans-
portant des traiteaux sur le théâtre, les auteurs
d'un ordre supérieur n'ont agi que dans l'intérêt
de leur paresse. Est-ce agir dans l'intérêt d'un
art, que d'en rendre la pratique plus facile en

le dépouillant d'une difficulté d'où naît son plus bel ornement, et que de mettre à la portée de l'artisan ce qui n'était qu'à la portée de l'artiste?

Molière, toutefois, a donné l'exemple de cette dérogation. Des motifs particuliers l'y déterminèrent. Acteur et directeur du théâtre qu'il alimentait de ses compositions, ce grand homme ne pouvait pas toujours disposer, pour ce dernier travail, de tout le temps qu'il eût exigé pour être écrit en vers. Comme Michel-Ange, il n'a pas eu le loisir de mettre la dernière main à tous les monuments qu'il a commencés; mais encore nous a-t-il laissé, dans ses ébauches, des productions avec lesquelles les ouvrages finis des autres comiques ne sauraient lutter de perfection.

Les mêmes causes déterminèrent Picard, qui, pendant quelques années, fut aussi acteur et directeur d'un théâtre qu'il soutenait par un double talent, à revenir à ce mode d'exécution, plus expéditif et plus facile que l'autre.

Chez nous aujourd'hui, comme autrefois chez les Athéniens, comme de tout temps chez nos voisins d'outre-mer, l'art de représenter les ouvrages dramatiques participe enfin à l'honneur qu'a toujours obtenu l'art de les composer. Considéré comme doué d'une faculté qui a droit à l'admiration, si comme notre Talma, il la pos-

sède à un degré éminent, et relevé de l'interdic-
tion civile dont il fut frappé dans des temps d'i-
gnorance et de superstition, le comédien jugé à
la scène relativement à son talent, n'est plus
jugé hors de la scène que relativement à ses qualités personnelles. Investi de tous les droits du
citoyen, il est partout honoré comme citoyen, si
comme Talma encore, il en remplit tous les de-
voirs, il en supporte toutes les charges.

Ce n'est donc pas pour excuser Picard sur le
choix de la profession qu'il a exercée pendant
quelques années de sa jeunesse, que j'ai cherché,
dans les circonstances où il se trouva, l'expli-
cation des motifs qui la lui firent embrasser.

Au goût qui l'avait entraîné sur la scène, se
joignit l'intérêt de diriger, par l'exemple comme
par le conseil, le théâtre qu'il s'était fait et qu'il
s'efforçait d'approprier à la nature de ses compositions.

L'expérience justifia cette spéculation. Sous
sa direction ou plutôt sous son inspiration, se
forma une troupe qui représentait, avec un ensemble singulier, des ouvrages qu'il accommo-
dait aux aptitudes de ses acteurs. *La Petite Ville*,
le Collatéral, *le Voyage interrompu*, *Monsieur
Musard*, *les Marionnettes*, furent joués par ces
comédiens animés de son esprit, avec une perfection qu'il n'aurait peut-être pas obtenue

de comédiens plus habiles, mais moins dociles.

Sans entreprendre l'analyse de toutes les pièces dont se compose le théâtre de Picard (et le nombre en est grand), faisons connaître celles qui ont occupé plus particulièrement l'attention publique, fût-ce même par une chute. Les chutes d'un auteur original offrent aussi des leçons dont la jeune littérature peut profiter, quand même ce serait à des fautes réelles qu'on devrait les attribuer.

L'Entrée dans le Monde, comédie dont le fond n'est pas dénué d'intérêt, mais où les événements sont peut-être accumulés dans une proportion peu conforme à la durée de l'action dramatique, fut accueillie avec faveur; il en est ainsi du *Collatéral*, pièce abondante en vrai comique, et dont l'intrigue, malgré les incidents qui la compliquent, se noue et se dénoue avec autant de vraisemblance que la scène le comporte, pendant l'intervalle de l'arrivée au départ de la diligence qui a voituré ses principaux agents.

Les Trois Maris, conception non moins originale et non moins gaie, ne fut pas tout-à-fait aussi bien reçue du public: mais toute sa bienveillance se réveilla, quand, sous le titre de *la Petite Ville*, Picard lui présenta un tableau frappant de vérité, où l'on retrouve, sous des formes moins déguisées et conséquemment plus comiques, les passions, les prétentions qui agitent une grande ville, mises en jeu dans des intérêts moins élevés, et par des moyens moins imposants ; comédie qui se reverra toujours avec le même plaisir, parce qu'elle porte moins sur des habitudes de l'époque que sur des habitudes de localité, et que les ridicules qu'on y peint se retrouveront sans cesse dans des circonstances semblables.

C'est de ses pièces celle que préférait Picard. Dans les dernières années de sa vie, à la suite de quelques échecs, « Je me suis fait illusion sur mon talent, disait-il un jour avec l'accent du découragement, je n'étais pas né pour faire la comédie, je n'y entends rien, absolument rien; » puis se redressant avec quelque fierté : « *Tout cela n'empêche pas que j'aie fait la Petite Ville.* »

Si étroites que soient les limites dans lesquelles l'action se renferme, *la Petite Ville* est un tableau complet. Il n'en est pas ainsi de *la Grande Ville*, autre comédie que le même auteur a composée en opposition avec celle-là. Quoique, à l'aide d'un artifice ingénieux, il y ait peint, dans les tableaux d'une lanterne magique, des scènes qui ne pouvaient pas entrer dans le cadre de son ouvrage, quelque extension qu'il lui ait donnée, il n'a pu esquisser qu'une partie des incidents

que ramène chaque jour, au milieu de la popula-
tion de Paris, le jeu de tant d'intérêts différents;
il a moins retracé les mœurs si diverses de cette
capitale, que celles de quelques provinciaux
jetés sans expérience au milieu d'elle, jouets
d'intrigants qui, les promenant dans les divers
quartiers, leur en font moins connaître les mœurs
que les rues. S'apercevant de ce défaut, Picard
le fit disparaître, en substituant au titre ambitieux qu'il avait donné d'abord à cette comédie,
celui des *Provinciaux à Paris* : il a bien fait.
Malgré l'invraisemblance de l'action, sa pièce
obtint sous ce titre un succès qui se soutint
long-temps; mais elle n'a jamais été placée,
dans l'estime publique, au niveau de *la Petite
Ville.*

Une conception plus forte, plus sage et plus
heureuse, c'est la comédie de *Duhautcours.* Se
ruiner par le luxe, faire de sa ruine une source
de fortune, en amenant ses créanciers à des sa-
crifices honteux pour celui qui les impose, tel
était déja l'usage à l'époque où fut composée cette
pièce. En attaquant avec l'arme du ridicule une
fraude contre laquelle la puissance des tribunaux
était vaine, en la traduisant sur la scène, devant
le tribunal du public, l'auteur de *Duhautcours*
osa ce que dans le dernier siècle avait osé l'auteur
de *Turcaret,* et ne mérita pas moins de la société

qu'en avait mérité Le Sage quand il fit justice
des traitants. Mais ce n'est pas sous ce rapport
seulement que Picard se mit sur la même ligne
que son devancier. Le talent avec lequel il exé-
cuta cette heureuse idée lui donne droit aussi de
se placer à côté de l'auteur à qui l'on doit une des
meilleures comédies qui ne soient pas sorties
de la plume de Molière. Comme Le Sage, Picard
a su faire jaillir le comique d'un sujet qui semblait
ne pouvoir inspirer que l'indignation ou le dé-
goût, et sauver l'odieux du fond par la gaieté des
moyens.

C'est en cela surtout que se manifeste le génie
comique. Quoi de plus sévère pour le fond que
le *Tartuffe?* quoi de plus comique par la forme?

Le succès de *Duhautcours* fut complet. Picard,
du génie duquel cette comédie porte l'empreinte,
pouvait se l'approprier. Il publia néanmoins que
la conception ne lui en appartenait pas et qu'en
l'écrivant, il n'avait fait que modifier l'invention
d'autrui : son collaborateur (1), cependant, pu-
bliait que cette conception devait surtout son
succès au talent de l'écrivain qui l'avait mise en
œuvre. En se reconnaissant mutuellement pour
l'obligé, chacun ne fut que juste. Le succès de
Duhautcours n'appartient en particulier ni à l'un

---

(1) M. Chéron.

ni à l'autre; fruit d'une union bien assortie, il leur appartient à tous deux.

Jusque-là Picard n'avait pas éprouvé de revers. Une si longue prospérité importunait l'envie. Elle n'attendait que l'occasion de la lui faire expier. Cette occasion se présenta en 1802, après onze ans de succès.

La société était atteinte alors d'une manie assez singulière. Pour satisfaire à je ne sais quel besoin qui s'était emparé des esprits, d'autant plus avides de plaisir qu'ils en avaient été absolument sevrés pendant l'effroyable période à laquelle on venait d'échapper; pour regagner le temps perdu, et en compensation d'un si long deuil, on croyait ne pas trop pouvoir se divertir : de là l'usage assez commun d'appeler dans les fêtes que l'on se prodiguait réciproquement, et où l'on accumulait tous les genres d'amusements, certains personnages dont le métier était de se jouer de la bonhomie du convive qu'on leur livrait, et de le couvrir de ridicule dans la maison où il avait été attiré par des démonstrations d'estime et d'amitié, et quelquefois même dans sa propre maison qu'il avait cru n'ouvrir qu'à des amis.

Notre comique pensa que cette mode pouvait fournir matière à une comédie. Il en tira quelques effets plaisants ; mais il manqua le vrai but de l'art. Il jeta le ridicule sur l'homme *mystifié* :

c'était le *mystificateur* qu'il fallait immoler à la risée publique. Le public sentit vivement le défaut de cette composition, où d'ailleurs se retrouve souvent l'empreinte d'un talent qu'il avait applaudi avec transport. Ni les scènes si vraies où deux époux se fêtent sans s'aimer, et se querellent tout bas, en se prodiguant tout haut des expressions de tendresse; ni les combats si plaisants entre l'avarice et la vanité d'un bourgeois qui, recevant une fête au moment où il en donne une autre, se voit obligé de les payer toutes les deux; ni la demande réciproque en séparation qui naît de la solennité même où les deux époux ont célébré le bonheur inaltérable de leur union, ni une foule d'incidents vraiment neufs et de saillies du meilleur comique, ne purent désarmer la sévérité du parterre. Bien que supérieure à tant d'autres que l'on représente journellement, *la Saint-Jean,* c'est le nom de cette comédie, fut à peine jouée une fois.

Cet échec fut promptement réparé par des succès éclatants. *La Noce sans mariage, la Manie de briller, les Filles à marier, M. Musard, les Ricochets* et surtout *les Marionnettes,* prouvèrent que cette tête que l'on disait épuisée était plus fertile que jamais.

Le dernier de ces ouvrages, qui en est aussi le plus parfait, mit le comble à la réputation de

2

leur auteur. A l'exemple du public, accordons-lui une attention particulière.

Le but de Picard était de démontrer que les caractères les plus forts le sont moins que les circonstances où le hasard se plaît à les jeter; qu'ils sont du plus au moins modifiés par leur position, en dépit de leurs principes; et qu'entre les mains de la fortune, nous ne sommes guère que ce que sont entre celles d'un successeur de *Brioché*, ces burlesques automates qu'il fait parler, qu'il fait agir conformément à l'esprit de la scène dans laquelle il les place, et suivant le fil qu'il lui plaît de tirer. Il était difficile d'inventer, à cet effet, une fable plus ingénieuse et plus plaisante. Un écrivain public, qui de la misère passant subitement à l'opulence, en perd la tête à l'instant même, et échange le stoïcisme que sa pauvreté s'était fait, contre tous les ridicules des riches; un riche qui, déchu tout-à-coup de son opulence, se montre aussi bas dans l'infortune qu'il était insolent dans la prospérité; un directeur de marionnettes, le moraliste de la pièce, dont la philosophie elle-même ne résiste pas à l'épreuve d'une révolution qui le sort de sa pauvreté; les flatteurs changeant d'idole au gré de la fortune, et réglant sur ses caprices la direction de leurs adulations et de leurs dédains, tels sont les traits dont se compose ce tableau si gai et si triste tout ensemble.

La leçon qu'il offre aux hommes les corrigera-
t-elle? il est permis d'en douter. Il serait moins
difficile de donner de la souplesse au chêne que
de la fermeté au roseau. La comédie peut réfor-
mer les mœurs; elle peut modifier, jusqu'à un
certain point, un caractère prononcé; mais peut-
elle donner du caractère aux gens qui n'en ont
pas? Elle peut du moins leur apprendre à se garder d'une vaine présomption, et à se montrer in-
dulgents pour un défaut incorrigible et si commun.

Parmi les petites comédies de Picard, distin-
guons *les Ricochets* et *M. Musard.* La première
reproduit d'une manière fort plaisante ces mouvements imprimés souvent par un seul individu
à une société tout entière, où, du premier au
dernier rang, on se querelle ou on se réconcilie
suivant l'humeur dont est affecté pour le moment le personnage qui est en tête de la file; et
où le fort rend au faible les traitements qu'il a
reçus d'un plus fort; effet qui ne s'arrête que
lorsqu'il a atteint un être si faible, si chétif, qu'il
ne peut pas rencontrer plus petit que lui : la se-
conde, *M. Musard*, est une peinture plaisante et
naïve d'un défaut assez commun, défaut qui, sans
avoir l'odieux d'un vice, en a quelquefois les incon-
vénients; défaut de ces gens qui ont toujours autre
chose à faire que ce qu'ils doivent faire, pour qui

tout a de l'importance, excepté les choses impor-
tantes, et qui, toujours occupés à des riens, n'ont
rien fait au bout de la journée, pendant laquelle
ils ne se sont pas donné un moment de loisir.

Quoiqu'ils eussent été obtenus sur un théâtre
secondaire, ces succès, qui élevaient ce théâtre
presque au niveau du premier, ouvrirent à Picard
l'accès de l'Institut. Jaloux de justifier cet honneur par de nouveaux efforts, peut-être aussi
de prouver que son génie que l'on croyait ex-
clusivement propre à traiter des sujets gais, pouvait s'élever aux sujets les plus graves, l'académicien fit représenter *les Capitulations de conscience.*

Un homme riche et réputé probe, Probincour,
trouve un portefeuille qui renferme pour trente
mille écus de billets au porteur, billets de la loterie de Hambourg. Rien n'indiquant leur propriétaire, Probincour se dispose à faire annon-
cer, par la voie des affiches, que le hasard l'en
a rendu dépositaire, quand il apprend qu'il vient
d'être ruiné par un procès. Ce procès lui a été
intenté injustement; ce procès était imperdable.
Mais, attaqué avec habileté par un procureur
des plus actifs, Probincour a été mal défendu
par un procureur négligent. Ce malheur lui est
d'autant plus douloureux qu'il était au moment

de conclure pour son fils un excellent mariage, qui manquera faute d'argent. Probincour n'en persiste pas moins dans l'intention de faire afficher le portefeuille. Sur ces entrefaites arrive le courrier de Hambourg : la loterie est tirée; le sort a favorisé les billets trouvés; ce qui valait trente mille écus, en vaut six cent mille. L'affiche n'est pas faite encore : Probincour, qui n'a trouvé que trente mille écus, se demande s'il doit en restituer six cent mille, ou du moins s'il ne peut pas tout emprunter au portefeuille, sauf à tout restituer au propriétaire en des temps plus heureux? Pendant qu'il se consulte sur ces cas divers, il découvre que le portefeuille appartient aux gens mêmes que le procès qu'il vient de perdre met en possession de son bien. Retiendra-t-il, en compensation de ce vol, la somme que fait tomber entre ses mains le hasard qui semble vouloir le dédommager? Ces diverses consultations, amenées par une série d'incidents assez naturels, et qui placent toujours Probincour dans des circonstances atténuantes, donnent lieu à des discussions d'une haute importance, où l'auteur met, avec beaucoup d'art, l'intérêt aux prises avec la probité, qui à la fin remporte la victoire, non pas sans combat, et dans lesquelles il fait intervenir assez plaisamment un casuiste dont la morale n'est pas, à beaucoup près, aussi sévère que celle du fils de Probincour, qui n'admet aucune capitulation de conscience.

Cet ouvrage, aussi habilement exécuté que fortement conçu, et où Picard déploie une vigueur et une hauteur de talent qu'on ne trouve dans aucune autre de ses pièces, est tombé pourtant avec le plus affreux fracas. A quoi cela tient-t-il? à l'absence du comique, qui semble ne pas pouvoir sortir d'un fond pareil? Non : si grave qu'en soit la matière, cette pièce ne laisse pas de provoquer le rire; non pas, à la vérité, le rire que la bouffonnerie excite dans un auditoire qui veut être amusé sans contention d'esprit, mais le rire qu'obtiennent de la raison certaines scènes du *Misantrope* et du *Tartuffe*, quoiqu'elles ne soient rien moins que bouffonnes. Les scènes où *Escobar*, qui là porte le rabat de procureur, tente de concilier la morale avec la friponnerie, sont particulièrement de ce genre.

A quoi donc tiendrait cette chute? à l'absence d'intérêt dramatique? Non : un intérêt des plus vifs ne s'attache-t-il pas à la position de Probincour, qu'on voudrait à-la-fois voir honnête et heureux, et qui ne peut redevenir heureux qu'en cessant d'être honnête? Ne s'attache-t-il pas aussi à la

position de ce jeune homme qui, en ne transi-
geant pas avec l'honneur, rend son malheur ir-
réparable, et prend parti contre ses plus chers
intérêts en prenant parti pour la vertu?

Ce n'est pas, osons le dire, ce n'est pas dans
les vices de là pièce, mais dans les vices des spectateurs qu'il faut chercher la cause de la disgrace
qu'elle a éprouvée. Il ne sera pas difficile de s'en
convaincre, si on se reporte à l'époque où *les
Capitulations de conscience* ont été représentées ;
si on se rappelle qu'en ces temps-là, pour quiconque ne possédait pas un grade éminent dans
l'armée, une place supérieure dans l'administra-
tion ou dans le gouvernement, le seul moyen
d'obtenir une importance rivale de celle que
donne le pouvoir était d'acquérir la richesse,
et que parmi tant de fortunes improvisées, toutes,
à beaucoup près, ne provenaient pas de la plus
honorable industrie. Alors on concevra que bien
des gens aient pris peu de plaisir aux développements de ces combats qui leur rappelaient ceux
dont ils n'étaient pas sortis vainqueurs. Les scrupules de Probincour pouvaient-ils ne pas les
importuner ? Soit qu'ils les eussent ressentis,
soit qu'ils les eussent ignorés, ces scrupules,
qui le retiennent dans la probité, n'étaient-ils
pas des reproches pour tant de gens qui en

étaient sortis? Les gens qui sifflent Probincour parce qu'il hésite à rendre le portefeuille, disait Picard, sont justement ceux qui l'auraient gardé. Il avait raison. Comme les faux dévots accusèrent d'outrage envers la religion l'auteur qui avait démasqué leur hypocrisie, les faux honnêtes gens accusèrent d'outrage envers la probité l'auteur qui leur rappelait leur bassesse; et *les Capitulations de conscience* eurent le sort qu'aurait éprouvé *Tartuffe*, si les hypocrites eussent formé la majorité du parterre.

Il est des batailles qu'il est honorable d'avoir livrées, quoiqu'on les ait perdues : aussi la chute de cette pièce n'a-t-elle porté aucun préjudice à la réputation de Picard; peut-être même l'at-elle accrue. Ce revers, au reste, fut promptement réparé : peu de mois après, l'infatigable Picard avait déja fait représenter, avec le plus grand succès, deux comédies, *les Oisifs* et *l'Alcade de Moloredo*.

L'une est une pièce épisodique où sont retracées fort gaiement les contrariétés que causent si souvent les gens qui ne font rien, aux gens qui ont quelque chose à faire : comédie d'intrigue, l'autre reproduit très-plaisamment la confiance de ce chef suprême de la police, qui savait tout ce qui se passait dans la capitale, excepté ce qui se passait chez lui.

Le succès de ces deux pièces fut suivi de celui de *la Vieille Tante*, comédie en cinq actes. L'héroïne de cette pièce est une Sémiramis bourgeoise, qui déjoue avec beaucoup d'esprit les prétentions et les manœuvres d'une foule de collatéraux, lesquels, de son vivant et sous ses yeux, se disputent sa succession. La conception de ce personnage est tout-à-fait neuve : dire que la plus grande actrice comique qui ait précédé celle qui règne aujourd'hui, regrettait de n'avoir pas joué ce rôle, c'est en faire assez l'éloge (1).

Un tort assez commun aux auteurs, c'est de ne pas approfondir leur sujet, de n'en pas exprimer tout ce qu'il peut fournir, et de s'en tenir à ce qu'il offre au premier aspect. Ce ne fut pas le tort de Picard : son habitude était d'envisager sa matière sous toutes les faces, d'en étudier toutes les ressources, et de les épuiser. C'est ainsi que d'un sujet rebattu, tel que *les Ménechmes*, il avait obtenu des effets nouveaux. C'est ainsi que d'une seule idée, *la double Réputation*, il obtint trois comédies, où elle est présentée sous trois rapports différents, et qui se recommandent toutes trois par un mérite particulier.

---

(1) Mademoiselle Contat.

C'est dans *Joseph Andrews*, roman où il avait déja puisé le sujet des *Ricochets*, qu'il trouva cette idée si féconde. Il est question là d'un homme que deux individus signalent de la manière la plus opposée. A en croire l'un, c'est le meilleur des hommes : c'est le pire des hommes, à en croire l'autre : et ce n'est, dans le fait, ni l'un ni l'autre; c'est un juge de paix, personnage assez insignifiant par lui-même, mais que deux plaideurs, sur les intérêts desquels il a prononcé, vantent ou dénigrent, l'un en raison de sa reconnaissance, l'autre en raison de son ressentiment.

Après avoir traité cette idée sous ce rapport, dans *M. de Boulenville*, Picard en tira deux autres comédies : l'une où l'on attribue à un homme la réputation d'un autre, c'est *les Deux Philibert*; et l'autre où figure un homme qui mérite à-la-fois les deux réputations contraires, c'est *Vauglas*.

La dernière de ces pièces est la plus importante des trois. C'est, sans contredit, une de celles où Picard a pénétré le plus avant dans les replis du cœur humain. L'embarras d'un homme placé entre les intérêts de son ambition et ceux de son affection, et qui, comme ami, protége contre la persécution d'un ministre l'ami à la persécution duquel il concourt pour complaire à ce même ministre, est une image fidèle de la situation où se placent tant de gens qui, cherchant à concilier des intérêts inconciliables, sont en éternelle opposition avec eux-mêmes. Mais l'action dans laquelle le caractère de ce personnage se développe est plus intéressante que plaisante, et tient plus de la nature du drame que de celle de la comédie. Aussi, des trois pièces que Picard a tirées de ce fond, si c'est celle qui a produit l'impression la plus forte, n'est-ce pas celle qui a obtenu la faveur la plus durable. *Vauglas* est d'un moraliste profond; mais c'est dans *les Deux Philibert* qu'on retrouve l'auteur comique.

Cette dernière pièce roule sur des méprises produites par une identité de nom. Ce moyen n'est pas neuf. Mais ce qui est neuf, c'est le parti que notre auteur en tire. Rien que de vraisemblable dans sa fable, dont l'action est animée par des incidents plus amusants les uns que les autres, et qui, liés sans effort, varient le plaisir du spectateur depuis l'exposition jusqu'au dénoûment. Il n'est pas possible de tracer avec plus de vérité un caractère plus comique que celui de *Philibert le mauvais sujet*. Des comédies de Picard, c'est celle qu'on a le plus jouée et qu'on jouera le plus.

Indépendamment des pièces qui sont dans son recueil, et que nous n'avons pas toutes analysées, à beaucoup près, il en a composé autant peut-être de compagnie avec plusieurs auteurs. Dans les dernières années de sa vie, il ne travaillait plus guère qu'en société, et presque toujours avec des jeunes gens. Les aidait-il? s'en faisait-il aider? c'était l'un et l'autre. Si le jeune homme s'appuyait ainsi sur l'expérience d'un vieillard, le vieillard se fortifiait ainsi de la vigueur d'un jeune homme. Le théâtre est redevable à cette association de plusieurs ouvrages remarquables, et particulièrement de l'*Agiotage* et des *Trois Quartiers*, pièce dont le succès est encore dans toute sa vigueur.

Elle a produit aussi les *Éphémères*, comédie singulière, où les auteurs, en nous montrant des personnages

Enfants au premier acte et barbons au dernier,

ont satisfait aux exigences de la nouvelle école et de l'ancienne, tout en respectant celles de la vérité, et où ils embrassent dans la durée de leur drame la vie entière de leurs héros, sans transgresser l'étroite règle des vingt-quatre heures.

S'il est étonnant qu'un seul homme ait composé quarante-deux des pièces que renferme la

collection des œuvres de Picard, n'est-il pas plus
étonnant encore que le plus grand nombre de
ces pièces se soit soutenu à la scène à côté des
chefs-d'œuvre contre lesquels chacune d'elles
avait à lutter et à qui elles ressemblent si peu?
Mais cette dissemblance n'est-elle pas une des
causes de leur succès?

Les grands maîtres, en fait de perfection, ont
posé la borne. Il n'est pas probable qu'on puisse
faire mieux que Molière; il est douteux même
qu'on puisse faire aussi bien. Mais n'est-il pas
possible de se rapprocher de lui, si ce n'est par
la force du génie, du moins par la direction qu'on
donnerait à ce génie, et par l'attention à employer plus positivement encore que ce grand
homme la comédie au profit de la morale?

Cette attention qu'ont dédaignée Regnard et
Dancourt, qui trop souvent immolent la morale
à la risée publique; cette attention que n'a pas
négligée Destouches, qui lui doit peut-être sa
longévité dramatique; cette attention, dis-je, a
essentiellement dirigé les compositions de Picard.
Il en est peu qui n'aient évidemment pour but
la démonstration d'une vérité d'intérêt social; il
en est peu qui ne soient un apologue intelli-
gible même pour les esprits les moins péné-
trants.

Aussi moral mais plus comique que Destou-

ches, plus vrai, plus réservé et presque aussi
original que Regnard, Picard n'a-t-il pas droit
de prendre place sur le même rang qu'eux, où
ne doit pas se trouver Dancourt, qui ne met pas
toujours dans l'action la vérité qu'on trouve
toujours dans son dialogue, et qui s'applique
moins à venger la morale qu'à peindre des mœurs
dissolues, dans des scènes où il les montre sous
l'aspect ridicule moins que sous l'aspect plaisant ?

Le style de Picard n'est ni moins naturel ni
moins comique que celui de Dancourt et de Le
Sage, et peut-être est-il habituellement plus vif.
Il doit cette vivacité à l'usage de certaines ellipses
qui jettent dans son dialogue un mouvement
qu'on ne trouvait guère avant lui que dans le
dialogue de Beaumarchais. Les reparties, chez
Picard, ne sont pas à la vérité aussi scintillantes
d'esprit et de jeux de mots que chez l'auteur du
Barbier, mais elles sont plus vraies; et Picard,
si spirituel d'ailleurs, ne diffère guère de Beaumarchais qu'en ce qu'il n'a pas usé de l'esprit
jusqu'à l'abus.

Tels sont les rapports par lesquels il ressemble
aux comiques qui l'ont précédé. Ceux par lesquels
il en diffère, c'est qu'il possédait les moyens très-
divers à l'emploi desquels chacun d'eux doit particulièrement ses succès; c'est qu'il a réussi éga-

lement dans la comédie d'intrigue et dans la comédie de développements ; c'est, enfin, qu'il a donné à l'action dramatique un mouvement qu'elle ne connaissait pas avant lui.

On lui a reproché d'avoir peint dans presque toutes ses pièces des mœurs bourgeoises, d'avoir choisi presque toujours ses personnages dans la classe mitoyenne de la société. On ignore donc, ou l'on a oublié à quelle époque il écrivait et quel était alors l'état de la société : on a donc oublié qu'alors tout avait été nivelé par la révolution ; que les mœurs qu'elle nous avait faites étaient empreintes de celles de la classe qui l'avait opérée ; et que ces mœurs régnaient encore long-temps après que l'inégalité des conditions avait été ramenée chez nous par l'inégalité des fortunes.

Picard a peint les objets qu'il voyait, et les seuls qu'il lui fût permis de peindre. Il l'a fait avec une fidélité qui donne à son théâtre une physionomie particulière, et le fera rechercher indépendamment de tout autre mérite, par quiconque voudra connaître les mœurs françaises pendant la période qui s'est écoulée entre le renversement de la société en France et son rétablissement. Rien ne prouve mieux que ce théâtre la justesse de cette opinion d'un de nos confrères (1), que l'histoire des mœurs d'un peuple se retrace dans les modifications qu'a éprouvées son théâtre comique.

La majeure partie des pièces de Picard est écrite en prose. Nous avons expliqué les circonstances qui semblent l'avoir déterminé à préférer cette forme à la forme plus élégante qu'il avait d'abord adoptée. Regrettons néanmoins pour sa gloire qu'il leur ait obéi. Ce n'est pas que sa versification soit irréprochable; elle n'a pas toujours le nerf de celle du *Misantrope*, la verve et le mordant de celle de la *Métromanie* et du *Méchant*, la grace naturelle et piquante de celle de *l'Optimiste* et du *Vieux Célibataire*, des *Étourdis* ou du *Manteau;* elle ne manque pourtant ni de vivacité ni d'énergie quand la situation l'exige. Dans *les Conjectures*, dans *les Amis de collége*, elle rehausse plus d'un détail qu'on peut citer comme des modèles de style comique; et dans *les Capitulations de conscience*, elle donne souvent à la discussion une vigueur et une éloquence qu'on ne retrouve que chez les maîtres de la scène.

Nul doute qu'en persistant dans la pratique de la versification Picard ne s'y fût perfectionné. Et quelle valeur n'eût-elle pas ajoutée

---

(1) M. Étienne.

aux pièces qu'il a écrites en prose ! Aux qualités qui leur assurent le succès au théâtre, elles réuniraient celle qui leur assurerait hors du théâtre un succès plus durable encore ; celle qui fait d'un ouvrage de théâtre un ouvrage de littérature ; celle par la puissance de laquelle une scène de Molière ou de Piron se grave dans la mémoire comme une épître de Voltaire ou de Boileau. On sait par cœur des actes entiers du *Misantrope* et de *la Métromanie* ; on ne retient que des traits de *l'Avare* et de *Turcaret*.

Picard, sur cet article, pensait absolument comme nous ; différent de ces prosateurs qui dénigrent les vers comme dénigrait les raisins certains renard dont le fabuliste nous a transmis le monologue. « *Autant que possible, écrivez la comédie en vers*, disait-il aux jeunes gens ; *les vers doublent l'expression des pensées. Il faut avoir la patience de mettre ses pensées en vers, à moins que comme moi*, ajoutait-il avec bonhomie, *on ne sache pas faire les vers*.

Un avantage incontestable attaché à l'emploi de cette forme pour le comédien, c'est qu'elle fixe invariablement dans son souvenir les idées qui s'en revêtent ; et pour l'auteur, c'est qu'elle donne à ses idées une forme qui les garantit de toute altération. La versification est pour les idées, ce qu'est pour une pièce de monnaie

3

l'empreinte qu'elle reçoit sous le balancier : indépendamment des ornements qu'elle lui prête,
cette empreinte n'en protége-t-elle pas la pureté
et l'intégrité?

La comédie et le roman se tiennent de près.
Moins borné que la comédie dans son étendue
et dans ses moyens, le roman a pour objet,
comme elle, la peinture des passions et des
mœurs. Picard se signala avec succès aussi dans
ce genre. Mais il n'a guère fait que reproduire
dans ses romans, sous d'autres formes et dans
d'autres proportions, les sujets qu'il avait déja
traités au théâtre. Ainsi l'on retrouve dans *Eugène et Guillaume* ses *Amis de collége*, sa comédie
de *Vanglas* dans son roman de *l'Exalté;* et le
Coureur de mariages est évidemment le sujet
qu'il avait mis antérieurement au théâtre, sous
le titre des *Trois Quartiers.*

Les romans de Picard ne valent pas, en gé-
néral, ses comédies. Il en est deux pourtant qui
se recommandent par les qualités qui peuvent
seules élever ce genre de composition au niveau
des ouvrages dignes d'estime; je veux dire, la
science du monde, et la connaissance du cœur
humain : c'est le roman d'*Eugène et Guillaume,*
et celui de *Jacques Fauvel.* Pour la pensée et
l'exécution de ce dernier ouvrage, Picard associa
sa gaieté à la philosophie d'un des écrivains qui

se soit le plus utilement occupé du bonheur de l'humanité (1).

Sans valoir ceux-ci, ses autres romans ne sont pas, à beaucoup près, dénués de mérite. Quoique, se renfermant dans les limites du vraisemblable, il n'ait recours à aucun des moyens extraordinaires par lesquels la plupart des romanciers s'efforcent d'extorquer l'attention du lecteur; et que, dans ses romans comme dans ses comédies, ce soit des incidents les plus simples qu'il attende les plus grands effets, il ne s'en fait pas moins lire avec intérêt. Ce sont, à la vérité, plutôt des esquisses que des tableaux terminés; mais ces esquisses feraient une honorable réputation à un écrivain qui ne se serait pas d'ailleurs illustré par la foule d'ouvrages supérieurs dont Picard a enrichi la scène.

La faculté d'envisager les objets sous un aspect nouveau, le talent de les peindre avec fidélité; la finesse, la justesse, la sagacité, le naturel, tels sont les caractères qui font de Picard un auteur tout-à-fait original : car on a droit à ce titre dans les arts, toutes les fois que, sans imiter les grands artistes, on a comme eux imité la nature, mais en la saisissant sous des rapports qui, pour être neufs, n'en sont pas moins vrais.

_____

(1) M. Droz.

3.

Si recommandable par les qualités de son esprit, Picard ne l'était pas moins par celles de son cœur. Bon, sincère, indulgent, inoffensif, modéré en tout, excepté dans son obligeance, enclin à oublier l'injure, incapable d'oublier les services, incapable de ressentiment comme d'ingratitude, tout le bien qu'il a pu faire il l'a fait, et jamais il n'a fait le mal qu'il pouvait faire. Il était difficile qu'un pareil cœur ne fût pas ouvert aux affections naturelles. Picard avait été bon fils, il fut bon père, il fut excellent époux, il fut ami dévoué.

Dans les relations littéraires, source d'animosités si violentes, de haines si invétérées, il n'était pas d'un commerce moins facile que dans celles de la vie privée. Il connaissait l'émulation, mais il n'a jamais connu l'envie : les succès d'un rival ont stimulé plus d'une fois son activité : mais il l'employait à les égaler, et non pas à les traverser. Jamais il n'a rabaissé le mérite d'autrui pour relever le sien : jamais il n'a pris en main la plume de la critique, sinon pour se censurer lui-même. Chacune de ses pièces est précédée d'un examen fait avec une bonne foi dont, avant lui, le vieux Corneille seul avait donné l'exemple.

Ce n'est pas cependant sur ses jugements que nous avons modelé les nôtres; car loin de se traiter avec indulgence, il y développe une telle sévérité, qu'on est souvent obligé de le protéger contre lui-même.

Par suite de la modération de son caractère, quoiqu'il n'ait pas été indifférent aux grands mouvements qui pendant trente années se sont accomplis autour de lui, Picard n'y a pris aucune part active; aussi n'en a-t-il pas été particulièrement froissé. Mais le malheur qui ne l'atteignit pas en lui, l'atteignit souvent dans autrui. Il ne voyait pas sans douleur les partis, tour à tour opprimés et oppresseurs, réagir les uns contre les autres, et perpétuer, par un éternel abus de la force, le déplorable état auquel chacun d'eux avait intérêt à mettre un terme. Il ne voyait pas sans douleur des malheureux, que, pendant son règne d'un moment, une faction victorieuse avait traités en criminels, faire à leur tour un crime du malheur aux vaincus que les caprices de la fortune soumettaient pour un jour aussi à leur tyrannie. Combien il applaudissait aux mesures qui tendaient à réconcilier tous les partis, à cicatriser toutes les plaies de l'État, et par lesquelles une politique bienveillante répara quelquefois le dommage que, sans servir l'intérêt public, une fausse politique a si souvent porté aux intérêts individuels! Avec quel empressement il eût fortifié de sa voix la

voix à laquelle se rouvre, pour des confrères à
qui elle s'était si inopinément fermée, cette enceinte où j'ai siégé long-temps à côté de lui, où
je siége à présent à sa place! « Mes amis, leur eût-
« il dit, écartons ce que le passé a de tristes sou-
« venirs, et ne songeons qu'aux consolations que
« nous offre le présent. Le voyageur qui, après
« une longue absence, se retrouve au milieu de
« sa famille, oublie les contrariétés qui l'en ont
« séparé. Ne revenons pas sur un malheur qui
« n'est plus. On peut se fâcher des choses, mais
« peut-on se fâcher contre les choses? peut-on
« garder de la rancune contre le vent, du res-
« sentiment contre la tempête ? Votre vaisseau
« s'est brisé sur les écueils, votre fortune s'est
« abîmée dans les flots; mais vous êtes sorti sain
« et sauf du gouffre où d'autres sont engloutis.
« Saisissez et serrez d'une main celle que des
« amis vous tendent, tendez l'autre à ceux de
« nos compagnons qui luttent encore contre la
« vague. Rassemblez vos débris; oubliez ce que
« vous perdez; et en contemplant ce qui vous
« reste, rendez encore grace au destin. »

Ainsi, messieurs, l'écrivain dont nous regrettons la perte, unissait aux plus brillantes facultés
de l'esprit les qualités non moins précieuses qui
constituent un bon cœur: association qui lui a
composé une renommée toute particulière et la
plus désirable de toutes.

Dans les ingénieuses leçons qu'il donne à la société sur des intérêts aussi durables qu'elle, comme les pensées que lui inspira la vertu ont été revêtues des formes les plus heureuses qu'elles pouvaient recevoir du talent, et que ses bons ouvrages sont aussi de bonnes actions, la mémoire du bien qu'il a fait n'expirera pas avec lui; elle se reproduira avec ce bien, chaque fois qu'on représentera les œuvres de son génie, qui en l'immortalisant comme poète, l'immortalisent aussi comme honnête homme.

RÉPONSE

DE M. VILLEMAIN,

AU DISCOURS

DE M. ARNAULT,

PRONONCÉ DANS LA SÉANCE DU 24 DÉCEMBRE.

———➤◉⬤———

Monsieur,

Vos amis se rappellent encore le jour, déjà
bien éloigné, où, victime des troubles publics,
banni de l'Institut et de la France, au moment
de partir, vous traciez à la hâte quelques vers
pleins d'émotion sans amertume. C'était une
touchante allégorie sur vous - même; c'étaient
tout à-la-fois les incertitudes et la résignation
d'un exilé :

    « De ta tige détachée,

    « Pauvre feuille desséchée,

    « Où vas-tu? — Je n'en sais rien.

    « L'orage a frappé le chêne

    « Qui seul était mon soutien.

    « De son inconstante haleine,

« Le zéphyr ou l'aquilon ,

« Depuis ce jour, me promène

« De la forêt à la plaine ,

« De la montagne au vallon.

« Je vais où le vent me mène ,

« Sans me plaindre ou m'effrayer ;

« Je vais où va toute chose ,

« Où va la feuille de rose ,

« Et la feuille de laurier. »

Jamais vous n'aviez été plus heureusement poète, et mieux inspiré que le jour même où l'Académie vous perdait. Le talent est inamovible, et peut se passer des distinctions littéraires, qui ne sauraient se passer du talent. Reprenez aujourd'hui, Monsieur, par d'unanimes suffrages, une place que l'élection libre vous avait autrefois donnée, et qui dès-lors semblait devoir ne vous manquer jamais.

Au prix d'une bien pénible épreuve, vous aurez vu les travaux de votre honorable carrière appréciés deux fois, à des époques diverses, et presque par des générations différentes. Que de vicissitudes dans la fortune et dans la gloire ont rempli ce siècle de trente ans ! Que de changements ont passé sur la littérature et les arts ! Que de révolutions dans les idées ! Que de re-

nommées ont brillé et disparu ! Celle de l'écrivain original que vous remplacez ne sera pas
emportée par ce mouvement rapide.

Picard avait retracé les formes éphémères et,
pour ainsi dire, les anecdotes accidentelles de
la société ; mais, dans un sujet temporaire, il
mit un talent durable. Notre scène comique avait
produit un grand homme, que Boileau nommait
le plus rare génie de son siècle, et dont la gloire,
même dans le nôtre, n'est mise en doute par
personne. Après lui, se succédèrent en France
plusieurs talents comiques, spirituels, délicats.
Mais cette création d'après nature, cette verve
d'invention, cette gaîté philosophique et fami-
lière, elle n'était plus. On en retrouvait seulement quelques traits exquis dans les romans et
les comédies de Le Sage. A la suite de nos troubles civils, lorsque la société commençait à se
rétablir assez confusément, quelques jeunes gens
s'emparèrent du théâtre comique ; l'un facile et
gracieux ; un autre nerveux et dramatique ; un
autre qui rappelait par son style le goût et l'é-
légante pureté de Térence. Picard eût pour lui
l'invention, l'activité comique, le succès conti-
nuel et populaire. Comédien et poète, comme
Shakspeare et Molière, il renouvela l'exemple
de cette puissance théâtrale qui enchante dou-
blement le public, et lui fait aimer dans l'auteur

l'homme que chaque soir il voit et il applaudit.

Dans la mobilité de cette époque, dans ces subites transformations du gouvernement et des mœurs, il copiait la société, à mesure qu'elle posait devant lui. Ses pièces ne sont pas seulement l'histoire, mais le journal du temps.

Le mérite suprême de Picard, ce qui permet de prononcer son nom, à demi-voix, après le grand nom de Molière, c'est le naturel, don précieux, rare, inimitable, que l'on cherche, que l'on redemande, et qui, le jour où nous le retrouverons, comme le possédait Picard, sera la plus heureuse innovation que l'on ait vue depuis long-temps. Picard ne le cherchait pas; c'était sa langue : sentiment, idées, expressions, tout lui échappait ainsi, sans qu'il le voulût. On ne remarque pas si son dialogue est spirituel; il est mieux : il vous fait oublier l'auteur et entendre le personnage avec son parler, son accent, sa voix. L'expression la plus simple lui va si bien qu'il semble toujours un peu gêné dans les vers. Disons vrai, comme lui; c'est surtout en prose qu'il est excellent poète comique.

Picard devait cette vérité de style à son instinct d'observateur; il avait lu dans la vie humaine plus que dans les livres. S'il empruntait parfois aux moralistes quelque vue ancienne

sur le cœur humain, il la rajeunissait par la per-
spective dramatique. Un jour, un vers d'Horace
lui donna toute une comédie charmante et nouvelle sur la plus vieille des vérités. Jusque là,
on avait coutume au théâtre de maintenir les
caractères; c'était la règle. Il imagina de les bou-
leverser tous sous le vent de la fortune; et il
tira de cette inconstance même la leçon et l'effet dramatique : il fit les *Marionnettes*, puis les
Ricochets. Car souvent une idée heureuse lui
servait deux fois. Un passage de La Bruyère lui
inspira *la Petite Ville*; et, comme son modèle,
il avait deviné si juste dans les détails, qu'il fut
accusé de satires personnelles par plusieurs petites villes à-la-fois.

Dans des temps si fertiles en révolutions, Picard ne put cependant s'élever jusqu'à la comédie politique : la liberté manquait toujours au
talent. Mais, avec l'énergie d'un honnête homme,
il donna plus d'une fois à la comédie morale
cette austère franchise qui ne s'arrête pas aux
ridicules et touche à des vices profonds et sérieux. Les tentations frénétiques de la cupidité,
l'agiotage spéculant sur l'instabilité sociale, les
calculs de la friponnerie cachant et préparant
une banqueroute sous la magnificence d'une
fête, trouvèrent en lui un accusateur qui de-

vançait le magistrat : et, en attendant que la justice eût l'appui de la loi, il lui donna celui du talent et de l'opinion, nouveau ressort des États, puissance insaisissable, qui, formée par de libres discussions, devient, dans nos sociétés modernes, la première sauvegarde des droits publics et l'incorruptible mandataire de la vérité.

Après avoir rappelé le caractère moral des écrits de Picard, je ne dirai plus rien de son talent. Pour le juger dignement, pour apprécier cet art ingénieux et savant du poète comique, il faudrait que celui de nos collègues qui nous est rendu en même temps que vous, Monsieur, vous eût précédé, et que le brillant auteur des *Deux Gendres*, assis à cette place, se fût partagé avec vous l'éloge de Picard.

Seul, Monsieur, vous l'avez loué avec l'expérience du théâtre et la supériorité d'un goût exercé. D'ailleurs les succès de Picard et son heureux génie ne sont contestés par personne. Il n'y a point de théories diverses et de systèmes exclusifs sur la comédie, sans doute parce que l'on est indulgent pour ceux qui nous amusent. Peut-être aussi, la comédie étant par elle-même quelque chose de plus vrai que l'idéal tragique, il a été plus facile de s'accorder sur la forme, ou plutôt de les admettre toutes. Ce n'a plus

été une question de principes, mais de succès;
et le poète comique applaudi des spectateurs a
toujours été suffisamment classique pour eux.
Là surtout, le théâtre change comme les mœurs
qu'il exprime; et le tableau est variable pour
être fidèle.

Les altérations que le temps fait subir à l'idéal
tragique, les rapports délicats entre la vérité simple et la poésie sont plus difficiles à marquer et à
saisir. Heureux les talents qui plaisent à plusieurs
époques! L'homme de goût et la foule admireront
toujours le génie qui éclate dans le drame ma-
jestueux et passionné de nos grands poètes. Si
quelque chose de plus libre, répandu dans les
esprits, demande aujourd'hui des beautés nou-
velles, la gloire de ces illustres devanciers n'en
souffre pas. Innover habilement, ce serait encore suivre leur exemple. Tout grand artiste est
novateur; le seul point, c'est d'innover par la
création, et non par les systèmes.

Vous avez, Monsieur, dans vos ouvrages,
tenté plus d'une fois, avec succès, et le dernier
degré de la terreur tragique, et l'extrême simplicité, trop rare sur notre théâtre. La mâle
énergie de votre *Marius* charma jadis le public
et la cour de la monarchie vieillissante. Les ima-
ginations, ébranlées par Ducis, virent avec ef-

froi le sombre dénouement de vos *Vénitiens;* et votre tragédie de *Guillaume de Nassau*, écrite dans la solitude et l'exil, sans ornements, sans pompe théâtrale, est empreinte de naturel, par le caractère même des vertus qu'elle retrace. Dans *Germanicus*, vous avez tenté avec hardiesse un de ces grands sujets de l'histoire romaine, que l'éloquence de Tacite avait d'avance élevés jusqu'à la poésie, et où ce grand modèle soutient et désespère l'imitateur.

Après avoir parcouru la difficile carrière frayée par les maîtres immortels de notre scène tragique, vous avez essayé, Monsieur, celle de toutes les formes poétiques, où des souvenirs inimitables doivent le plus intimider le talent: vous avez fait des fables. Dans le pays de La Fontaine, avait-on le droit de faire encore des fables? Votre exemple en est la preuve. Vous avez trouvé à cueillir dans ce champ moissonné. Là, où nulle comparaison n'est possible, une part d'originalité vous est acquise. Vos fables ont un caractère à vous. Elles sont, j'en conviens, quelque peu satyriques. En les lisant, on ne s'écriera pas à chaque page : Le *bon-homme!* mais on dira toujours : l'honnête homme, dont l'ame est généreuse et droite, lors même que son esprit se blesse et s'irrite! La fable eut, de tout temps, ses hardiesses, et chercha l'allégorie pour voiler l'épigramme. Les vôtres, écrites à des époques bien diverses, dans le bonheur et dans l'adversité, ont, avec un trait commun de malice, des nuances variées par l'imagination et le sentiment. L'invention en est souvent heureuse, le style rapide. Elles vous donnent une place là où il semble que personne ne pouvait plus en obtenir.

Le même tour d'esprit, la même raison piquante se retrouve dans vos mélanges de littérature, d'érudition et même parfois de grammaire. Ce sont d'ingénieux essais qui ont occupé pour vous l'intervalle de plus sérieux travaux. Car vous avez entrepris la tâche difficile d'écrire l'histoire, et même l'histoire contemporaine. Ici, Monsieur, les souvenirs de votre vie se mêlent à ceux de votre talent ; et je n'essayerai ni de les taire, ni de les éluder. Quels contrastes, que d'événements prodigieux entre l'époque où, jeune et poète, vous suiviez, à Malte, le vainqueur d'Italie, partant pour la conquête d'Égypte, et celle où l'ancien dominateur de l'Europe, mourant captif à Sainte-Hélène, vous léguait un don testamentaire trop fort pour sa succession appauvrie, et inscrivait votre nom sur une page funèbre qui doit le conserver à jamais.

4

Avant le dernier moment de ce grand drame historique, dont les scènes furent dispersées sur tant de points du monde, votre imagination fortement émue avait essayé de les réunir dans un récit complet et détaillé. Depuis votre retour en France, vous aviez commencé et presque achevé l'histoire de celui qui survivait encore à sa grandeur et à sa chute. Peut-être, dans cet ouvrage, riche de souvenirs et de tableaux, avez-vous été quelquefois l'historiographe du conquérant vaincu; peut-être avez-vous flatté sa défaite, comme d'autres ont flatté ses triomphes. Mais le souvenir de tant de gloire, même embelli par le talent, ne peut désormais donner ni crainte ni regret à personne. Chaque jour la vérité se dégage des partialités contemporaines, et se réfléchit avec plus d'éclat dans le lointain lumineux de l'histoire. Un nouveau monde social a commencé. La guerre, détournée de l'Occident, pèse sur les extrémités barbares de l'Europe orientale. La France ne gouverne plus les nations par ses décrets et par ses armes; mais elle leur offre encore un grand spectacle dans le laborieux progrès de ses libertés combattues. Jouissons cependant du bonheur de vivre et de penser sous de sages institutions, plus fortes que les passions qui voudraient les

détruire ou les altérer. L'auguste héritier du
fondateur de la Charte ne peut rien ambitionner
de plus grand, que d'affermir cet ouvrage glo-
rieux et cet appui nécessaire de sa dynastie. Son
nom n'a pas besoin d'une autre louange; et
d'ailleurs, les acclamations des peuples, les fêtes
de l'Alsace renouvelées dans toute la France se-
raient le seul panégyrique vraiment digne d'un roi.

IMPRIMERIE DE A. FIRMIN DIDOT, IMPRIMEUR DU ROI
ET DE L'INSTITUT, RUE JACOB, N° 24.

130

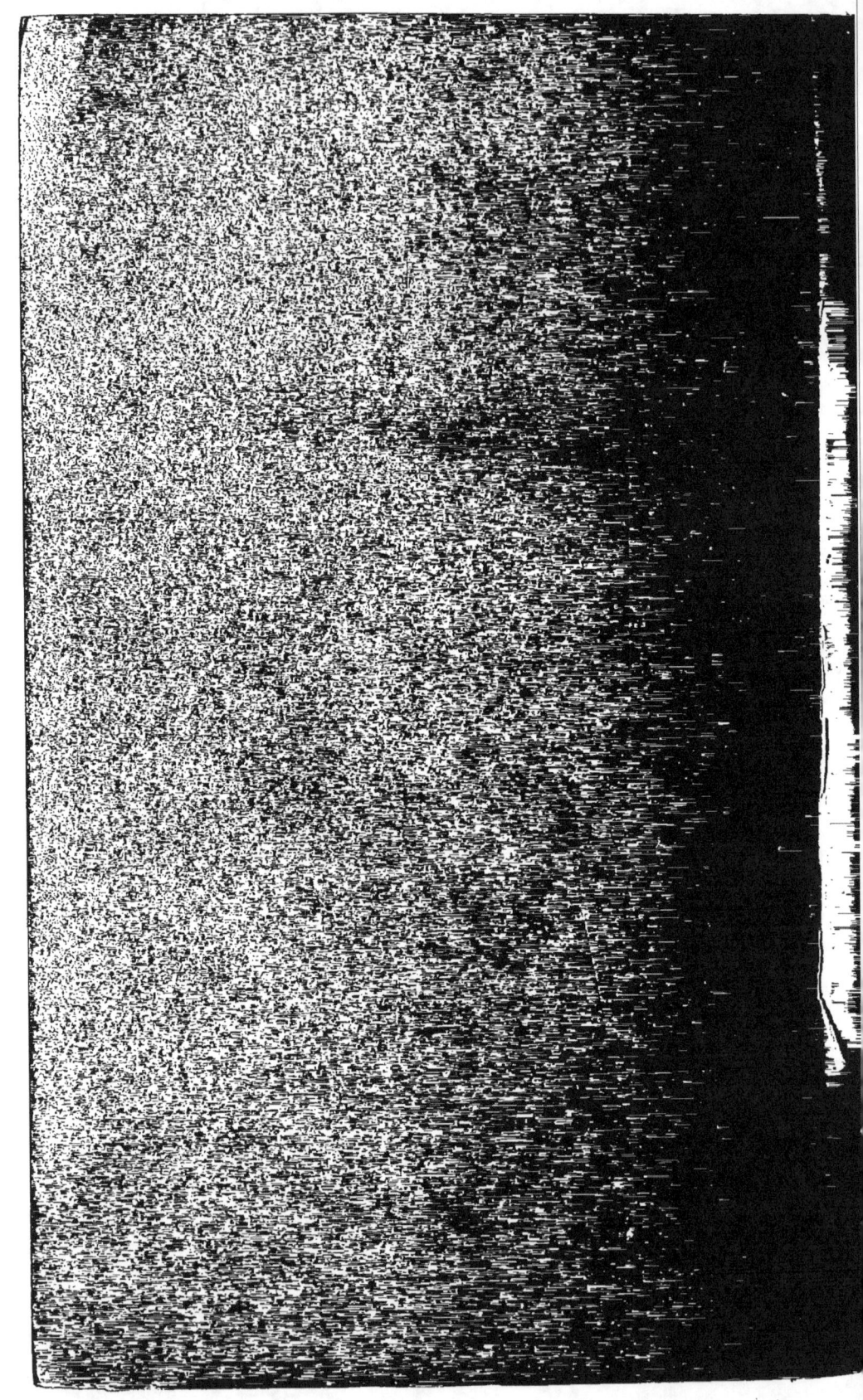